Meine Schweizer Familie

Elke R. Richter

Meine Schweizer Familie

Ein Berliner Ferienkind erzählt

Biografie

Bibliografische Information der Deutschen Nationalbibliothek:
Die Deutsche Nationalbibliothek verzeichnet diese Publikation in
der Deutschen Nationalbibliografie; detaillierte bibliografische
Daten sind im Internet über http://dnb.dnb.de abrufbar.

Lektorat: Elke R. Richter
Umschlagmotiv: Elke R. Richter

Herstellung und Verlag: BoD – Books on Demand,
Norderstedt

ISBN: 978-3-756807710

Für alle Pflegefamilien in der Schweiz, die ein Ferienkind
aufgenommen haben

DAHEIM

Wo ich den Fensterladen öffnete,
über das Tal auf den bewaldeten Berg schaute.
Wo ich ein Zimmer für mich allein hatte
und nebenan regelmäßig die Standuhr erklang.
Wo ich den kühlen Keller durchstreifte,
aus dem Fass Sauerkraut naschte
und am Eingang der Kater miaute.

Wo ich im Garten Engerlinge sammelte, für die
Hühner,
und Löwenzahn ohne Wurzeln ausriss,
wo ich den Kaninchen den Stall öffnete
und mich in der Scheune im duftenden Heu ver-
steckte.

Wo ich auf dem Plumpsklo saß, umgeben von
Fliegen
und die vorbeigehenden Fußgänger zählte.
Wo ich beim Bäcker knuspriges Brot holte,
und für den Einkauf zehn Rappen bekam.

Wo ich in der Schule dem Lehrer lauschte
und nichts verstand,
wo ich die Straße herunter radelte,
und dafür Schelte bekam.

Wo wir im Wald Holz holten,
die trockenen Äste knackten,
und wo die Bienen summten,
da war ich daheim,
bis der Zug pfiff, dampfte
und mich fortbrachte.

KAPITEL 1

Nach dem Tod meiner Mutter räumte ich ihren Schreibschrank aus und fand Briefe, die ich als Kind aus der Schweiz geschrieben hatte. Wie lange war das her? Ich begann zu lesen und meine Gedanken schweiften zurück zu meiner ersten Reise ins Ausland.

In der Grundschule wurden alle Schüler in meiner Klasse aufgefordert, an einer ärztlichen Reihenuntersuchung teilzunehmen. Meine Mutti erfuhr anschließend, dass ich untergewichtig war und dringend zur Erholung fahren sollte. Das Deutsche Rote Kreuz vermittelte mir einen Platz bei einer Schweizer Gastfamilie und die Schule beurlaubte mich für drei Monate.

An einem nasskalten Abend Anfang April 1956 fuhren wir zum Bahnhof Zoo in Westberlin. Auf dem Bahnsteig wimmelte es von Kindern und Erwachsenen. Schwestern in Rotkreuztrachten trugen Schilder mit Ortsnamen und sammelten die Gruppen für die einzelnen Eisenbahnwaggons zusammen. Meine Mutti hängte mir eine Karte um den Hals, auf der mein Name und der Bestimmungsort standen. Um mich drängelten sich andere Kinder, die auch nach Basel fuhren. Wir waren alle aufgeregt, manche weinten. Schließlich fuhr die Eisenbahn an uns vorbei, gezogen von einer riesigen Dampflok. Das schwarze Ungetüm stieß Rauchschwaden aus, die uns umwehten. Noch nie hatte ich solch eine Lok aus der Nähe gesehen.

Bahnbeamte kamen und drängten Neugierige von der Bahnsteigkante weg. Der Zug blieb stehen, die Türen öffneten sich, und die Schwestern halfen uns beim Einsteigen. Die Kleineren mussten sie hochheben, denn die Stufen waren hoch. Ich drehte mich um, um meiner Mutti zu winken, doch schon wurde ich weiter geschoben.

Alsdann schleppten Helfer unser Gepäck in die Waggons. Wir Kinder drängelten uns um die besten Sitzplätze. Nachdem die Transportleiterin die Personenliste kontrolliert hatte, fuhr der Sonderzug langsam aus dem Bahnhof. Die Dunkelheit verschluckte den Bahnsteig und die Angehörigen. Ich blickte aus dem Fenster, konnte aber wenig erkennen. Nur mein Spiegelbild schaute mich an.

Emsig liefen die Rotkreuzschwestern hin und her, verstauten Jacken und Mäntel im Gepäcknetz und ermahnten uns, die Plätze vorerst nicht zu verlassen. Endlich kehrte Ruhe ein. Ich hatte einen Fensterplatz ergattert und konnte mich in eine Ecke kuscheln. Eine Weile lauschte ich auf das gleichmäßige Rattern der Räder, bis mir die Augen zufielen. Zwischendurch wachte ich durch das Signal der Lokomotive auf. Draußen war es finster, man sah kaum Lichter. Da wir durch die ehemalige DDR fuhren, hielt der Zug in keiner Stadt. Er blieb nur stehen, um die planmäßigen Schnellzüge vorbeizulassen.

Morgens, kurz vor acht Uhr, erreichten wir Frankfurt am Main. Bei der Bahnhofsmission bekamen wir einen Becher Tee, dann ging die Fahrt weiter nach Basel.

Nachmittags um drei Uhr kamen wir dort an. Die Schwestern riefen unsere Namen auf, schrieben auf jede Karte, die wir weiterhin um den Hals trugen, zwei Buchstaben und teilten uns in verschiedene Gruppen ein. Ich fuhr mit einigen Kindern mit einem Zug nach Bern. Es war eine abwechslungsreiche Landschaft, Berge, schmale Täler und Dörfer. Gegen Abend erreichten wir die Stadt. Die meisten Kinder waren inzwischen ausgestiegen und von Familien abgeholt worden.

Zuletzt waren nur noch ein Junge und ich übrig. Wir befanden uns in einem Raum der Bahnhofsmission. Drei Frauen standen bei uns und ich hörte, wie eine von ihnen telefonierte: »Ein Mädchen, … ach, Sie wollten einen Buben? Dann leider nicht …«

Nach drei weiteren Telefonaten nahm eine Schwester meinen Koffer und ging mit mir zu einem Auto. Es war eine längere Fahrt, während der ich einschlief.

Als ich erwachte, hielt der Wagen vor einem Haus. In der hell erleuchteten Tür stand ein Ehepaar. Ich stieg aus. Die Frau führte mich durch einen schmalen Flur in die Küche. Der Mann zeigte auf eine Katze, die auf einer Sitzbank lag: »Das ist *Chuzli*!«

Doch ich war müde. Ich wurde in ein Zimmer gebracht, wo ich sofort auf ein Bett sank und einschlief.

Am nächsten Morgen lernte ich meine Pflegefamilie kennen. Sie war sehr freundlich. Die Frau erkundigte sich zunächst: »Willst du *Mutti* oder *Tante* zu mir sagen?"

Doch ich entschloss mich, sie mit *Tante Anny* und ihren Mann mit *Onkel Robert* anzureden.

«Du bist jetzt für drei Monate unser Pflegekind. Wir haben einen Sohn und eine Tochter. Beide sind verheiratet und haben kleine Kinder. Später wirst du alle kennenlernen."

Meine Pflegeeltern zeigten mir das Haus. Sie bewohnten das Erdgeschoss eines Zweifamilienhauses, das an einen Hang gebaut war. Oben, direkt an der Straße, befand sich der Eingang, hinter dem Haus dehnte sich der große Garten aus. Dort gab es einen Gemüsegarten, der mit einem Zaun umgeben war, ein Gehege für Hühner und einen Kaninchenstall. Eine weitläufige Rasenfläche, auf der auch Obstbäume standen, fiel steil zur unten gelegenen Hauptstraße herab.

Zum Obergeschoss des Hauses führte außen eine Holztreppe. Dort wohnte der Sohn Fred mit seiner Frau Ruth und dem kleinen Kurtli. Die Tochter Vreni lebte mit ihrem Mann und dem wenige Wochen alten Baby bei den Schwiegereltern in einem

Bauernhaus an der Hauptstraße direkt gegenüber dem Garten. Der Bernhardiner *Blässi* stand am Eingang Wache. Als ich ihm das erste Mal begegnete, beschnupperte er mich und wedelte mit dem Schwanz. Als er seine Schnauze an meinen Körper drückte, fiel ich fast um. Wir schlossen sofort Freundschaft und ich besuchte ihn oft während der folgenden Wochen.

Häufig ging ich zu Vreni hinüber. Sie hatte stets Zeit für mich. Mir gefiel außerdem ihre aufmerksame Art, zuzuhören. So konnte ich mich mit ihr angenehm unterhalten. Wir gingen auch gemeinsam einkaufen, oder wir spazierten durch den Ort mit der kleinen Lotti.

Das Dorf Pieterlen, in dem ich jetzt lebte, lag in einem breiten Tal am Fuß des Bözingenbergs. Die Hänge waren bewaldet und nicht allzu steil. Eine nach Biel führende Durchgangsstraße teilte die Ortschaft in ein nördliches und ein südliches Gebiet und war damals nicht sehr befahren. Meine Pflegeeltern wohnten im Osten des Dorfes. Von der Hauptstraße aus gelangte man zum Zentrum mit den Einkaufsläden, dem Bäcker, der Metzgerei, der Post und der Schule. Etwas weiter weg befanden sich an einem Hang die Kirche und der Friedhof.

Als ich mich besser auskannte, durfte ich fast jeden Tag allein das Brot holen. Der Bäcker fragte gleich: »Grüezi, bist du das Berliner Ferienkind?«

Anfangs hatte ich Schwierigkeiten mit dem Schweizer Dialekt. Viele Leute redeten mit mir jedoch Hochdeutsch, bis ich ihre Sprache besser verstand.

Für mich war es ungewohnt, in einem Zweifamilienhaus zu wohnen und ein eigenes Zimmer zu haben. In Berlin lebten meine Mutti und ich in einem Mietshaus. Aus den Fenstern unserer Einzimmerwohnung sahen wir auf einen Hinterhof, in dem es keine bepflanzten Blumenbeete gab. In der Mitte stand ein hoher Baum. Kindern war das Spielen verboten. Nur Hausierer, Scherenschleifer und gelegentlich ein Leierkastenmann sorgten für Abwechslung.

Meine Pflegeeltern hatten ein Zimmer für mich hergerichtet. Man betrat es sowohl vom kleinen Wohnraum als auch vom nicht benutzten Wohnzimmer, der guten Stube. Links stand das Bett, umrandet von einem Bücherregal und rechts der Kleiderschrank. An weitere Möbelstücke erinnere ich mich nicht mehr. Vor dem Fenster befanden sich Fensterläden, die nachts geschlossen wurden. Wenn ich morgens aufstand, öffnete ich die Läden und freute mich über die herrliche Aussicht: der Garten und in der Ferne die bewaldeten Berge. Ich denke noch heute mit Wehmut an diesen Blick zurück.

In den ersten drei Wochen sollte ich mich erholen und danach die Schule besuchen. So stand ich spät auf. Oft wurde ich aber in aller Frühe durch rasselnde Geräusche geweckt. In der kleinen Wohnstube hing an der Wand, die direkt an mein Zimmer grenzte, eine Kuckucksuhr. Jeden Morgen zog Tante Anny, bevor sie in die Arbeit ging, die abgesenkten Gewichte des Kettenzugwerks nach oben. Abends konnte ich oft schlecht einschlafen. Der Kuckuck ließ regelmäßig seinen Ruf ertönen. Zudem erklang im großen Wohnzimmer alle viertel Stunde das Big Ben Läuten einer massiven Standuhr. Mit der Zeit gewöhnte ich mich daran.

Nachdem ich aufgestanden war, ging ich durch die Küche und den Flur vor das Haus. Dort befand sich das Plumpsklo. Das war erst ungewohnt für mich. Später betrachtete ich den Aufenthalt dort als interessante Abwechslung. Durch das herzförmige Guckloch konnte man ungestört die Leute auf der Straße beobachten. Waschen konnte ich mich am Küchenbecken. Danach schaute ich im Küchenschrank nach, was es Leckeres zum Frühstücken gab. Das knusprige, dunkle Brot schmeckte mir besonders gut. Auch die selbst gemachte Konfitüre und der Bienenhonig waren köstlich.

Meistens begrüßte mich früh der Kater *Chuzli*. Häufig lag er auf der Küchenbank. Wenn er mich sah, gähnte und streckte er sich, sprang auf den Boden und kam zu mir. Ich streichelte ihm über das dichte dunkelgraue Fell. Nach dem Frühstück ging ich mit ihm in den Garten, um nach den Hühnern zu schauen. Ich streute ihnen Körner hin, wie Tante Anny es mir gezeigt hatte. Danach betrat ich den Stall, um die possierlichen Kaninchen zu betrachten. *Chuzli* suchte sich derweil ein behagliches Plätzchen.

Tante Anny und Onkel Robert waren den ganzen Tag außer über Mittag auf der Arbeit. So ging ich anfangs öfter zu Ruth nach oben. »Wie gehts? Hast dich eingelebt? Magst mit Kurtli spielen?«

Er hatte bereits seine Spielsachen ausgebreitet, während Ruth an einem Tisch vor dem Fenster saß. Sie arbeitete zu Hause für die Uhrenfabrik. Zwischendurch verwöhnte sie uns mit Weißbrot und Schweizer Schokolade. Das schmeckte lecker.

Der Kleine sprach viel, doch ich konnte ihn nicht verstehen. Es dauerte eine Weile, bis ich kapierte, was er mir in seiner Kindersprache im berndeutschen Dialekt sagen wollte.

Nach einiger Zeit hatte ich jedoch keine Lust mehr, mit Kurtli zu spielen. Mit seinen vier Jahren war er für mich zu klein.

Fred und Ruth hatten auch einen Fernsehapparat. Am 19. April durfte ich mir die Trauung von Grace Kelly und Fürst Rainier in der Kathedrale von Monaco anschauen. Ich war sehr beeindruckt, wie die Braut in ihrem wunderschönen weißen Kleid durch die Kirche schritt. Ein bestickter Schleier war an Grace Kellys Haarschmuck befestigt und umrahmte ihr ernstes Gesicht. Ihre lange Schleppe wurde von sieben Brautjungfern getragen, zwei Mädchen streuten Blumen. Am Altar erwartete sie Fürst Rainier, bekleidet mit einer schmucken Offiziersuniform. Es war für mich eine Märchenhochzeit.

Tante Anny schaffte in einer Uhrenfabrik, einem lang gestreckten Gebäude mit hohen Fenstern, das zwei Häuser weiter lag. Onkel Robert arbeitete in einer Ziegelei hinter dem Bahnhof. Doch am Wochenende hatten sie Zeit für mich, und wir unternahmen einige Ausflüge.

Häufig gingen wir auch in den Wald. Es war ein besonderes Erlebnis, wenn ich mit Onkel Robert Holz sammeln durfte. Er nahm dann einen kleinen Leiterwagen mit. Wir hoben heruntergefallene Äste und kürzere Holzstücke auf, schichteten alles auf den Wagen und zogen ihn gemeinsam nach Hause. Dort hackte Onkel Robert die Scheite auf einem Holzbock in kleinere Stücke. So hatten sie für den Winter einen großen Holzvorrat.

Wir besuchten gelegentlich eine Hühnerfarm, die am Waldrand lag. Jedes Mal verbrachte ich viel Zeit bei den Küken, die Kleinen hatten es mir angetan.

Onkel Robert bemerkte das und schenkte mir ein junges Kaninchen, das ich versorgen durfte. Ich nannte es *Resli*, hob es häufig auf den Arm und streichelte sein weiches weißes Fell. Am liebsten hätte ich es mit nach Hause genommen. Aber mein Pflegevater versprach mir: »Wenn du uns nächstes Jahr besuchen kommst, kannst du dich um dein Kaninchen wieder kümmern.«

Von den anderen Kaninchen wurde mitunter eins geschlachtet. Dann kam ein Mann mit einer Pistole. Anschließend wurde dem Tier das Fell abgezogen, und aus dem Fleisch bereitete Tante Anny einen leckeren Braten.

KAPITEL 2

Als es wärmer wurde, holte ich meine Sommerkleidung aus dem Koffer. Doch meine Enttäuschung war groß. Als ich die Sachen anziehen wollte, war mir das meiste zu klein.

»Ja, in deinem Alter wächst man halt schnell und dann sind die Röcke zu kurz. Wir werden Stoff besorgen. Frau Weber kann dir Kleider nähen.«

Tante Anny ging mit mir in ein Geschäft für Schneidereibedarf und suchte verschiedene Stoffmuster aus. Daraus nähte mir die Schneiderin drei Kleider. Als Nächstes ging meine Pflegemutti mit mir zum Friseur.

»Du hast zu lange Haare. Ich habe mit deiner Mutter telefoniert und sie gefragt. Sie war einverstanden, dass deine Haare kürzer geschnitten werden. Das ist praktischer.«

Meinen Einwand, dass ich keine neue Frisur haben wollte, duldete Tante Anny nicht. Ich musste mich auf den Stuhl setzen und kurz darauf lagen meine Locken am Boden. Aus dem Spiegel starrte mich ein fremdes Mädchen an. Es gefiel mir überhaupt nicht.

Das Wetter war schön und so verbrachte ich die meiste Zeit im Garten. Ich machte es mir in einem

Liegestuhl bequem und las spannende Bücher. Fast immer vergaß ich dann die Zeit. Wenn Tante Anny heimkam, schimpfte sie: »Du hast den Schnellkochtopf mit den Kartoffeln nicht rechtzeitig auf den Ofen gestellt. Wie soll ich denn so schnell das Mittagessen zubereiten?«

Zerknirscht stand ich neben ihr. Zu Hause musste ich mich nie um das Kochen kümmern. Aber sie hatte recht, denn ihre Mittagspause war kurz. Leider passierte es noch manches Mal, dass ich die Zeit vergaß.

Meine Pflegeeltern unternahmen mit mir den ersten größeren Ausflug auf den Bözingenberg. Die etwa 1000 Meter hohe Hügelkette erstreckt sich zwischen Pieterlen und Biel. Von der Kirche ab wanderten wir zwei Stunden. Es machte Spaß, durch den Wald zu gehen. Onkel Robert fertigte für mich aus einem Ast einen Wanderstock an. Darauf war ich sehr stolz. Auf dem Berg kehrten wir in einem Gasthaus zum Mittagessen ein.

Anschließend marschierten wir durch dichten Tannenwald nach Romont. Hier gab es einen Jahrmarkt. Auch zahlreiche Leute aus der Umgebung nahmen an der Veranstaltung teil. Ein Stand hatte eine große Anzahl von Artikeln, die man gewinnen konnte. Onkel Robert kaufte fünf Lose. Ich gewann einen kleinen Kochlöffel und er eine große Holzkelle. Das war ein Spaß, an den wir noch lange zurückdachten.

Ende April begann für mich der Schulunterricht. Am ersten Tag brachte mich Tante Anny zum Schulhaus, einem älteren Gebäude nahe an der Hauptstraße.

Als ich die Klasse betrat, blickten mich die vielen Mädchen neugierig an. Der Lehrer, Herr Marti, begrüßte mich.

»Das ist eure neue Mitschülerin Elke. Sie kommt aus Berlin.« Er zeigte mir meinen Platz und der Unterricht begann. Ich saß in einer Bank neben Brigitte, die mir in den ersten Wochen sehr behilflich war. Denn zu Beginn verstand ich nicht alles.

Wenn der Lehrer morgens das Klassenzimmer betrat, erhoben sich die Schüler und riefen: »Guten Morgen, Herr Marti.«

Und am Schluss der Stunde dankten alle im Chor: »Merci.«

Der Unterricht war abwechslungsreich bei ihm. Er unterrichtete die meisten Schulfächer und erklärte die schwierigsten Dinge gut und verständlich. Herr Marti machte auch einige Ausflüge mit uns in die Umgebung. Auf diese Weise lernte ich die heimischen Pflanzen und Tiere kennen. In Berlin hatte ich nie solch einen interessanten Unterricht erlebt.

Ein weiteres Fach, das mir allerdings nicht gefiel, war Handarbeitskunde. Eine ältere Lehrerin, Fräulein Küenzli, brachte uns Stricken und Häkeln bei. Sie war äußerst geduldig. Ich mochte sie von Anfang an gut leiden. Bei meinen Klassenkameradinnen war sie ebenfalls sehr beliebt. Sie las uns Geschichten vor, während wir uns mit unseren Handarbeitskünsten abmühten. Dieser Unterricht gefiel mir besser als der in meiner Berliner Schule. Da gab sich keine Lehrerin Mühe, mir alles so unermüdlich zu zeigen. Mein erster Versuch war ein Topflappen, der misslang. Krumm und schief sah er aus. Später musste ich Socken stricken. Sie ähnelten auch Socken. Wahrscheinlich hatte mir Fräulein Küenzli dabei geholfen.

Brigitte wohnte nicht weit von uns entfernt am Dorfausgang. Sie wurde meine beste Freundin. Einen großen Teil unserer Freizeit verbrachten wir miteinander.

Meistens gingen wir den langen Weg gemeinsam nach Hause. Sie half mir auch bei den Schulaufgaben.

Ihr Vater war als fahrender Händler unterwegs und verkaufte in Pieterlen und der Umgebung Lebensmittel, Obst und Gemüse. Sie war daher häufig allein. Ihre Mutter war gestorben und ihre große Schwester bereits verheiratet. Deshalb besuchte ich Brigitte oft. Ihr Zimmer war schön eingerichtet und enthielt eine Menge Spielsachen. Manchmal gingen wir in die große Garage unten im Haus. Meine Freundin nahm auf dem Fahrersitz eines Automobils Platz und gab vor, das Fahrzeug zu steuern. Wir benannten das Spiel ›Einen Ausflug machen‹.

Eines Tages schlug Brigitte vor: »Weißt was, wir könnten Fahrrad fahren.«

»Ich hab' aber keine Ahnung, bin noch nie Fahrrad gefahren.«

»Dann bringe ich es dir bei.«

»Ich weiß nicht, ob Tante Anny es mir erlaubt …«

»Sie wird schon nichts dagegen haben. Komm', du kannst mein Fahrrad haben und ich nehme Vatis.«

Gesagt, getan. Zunächst übten wir auf dem großen Platz vor ihrem Haus. Dann schoben wir die Räder den kaum befahrenen Weg hinauf. Oben angekommen trat ich vorsichtig in die Pedale und schon ging es wieder bergab. Ich jubelte.

Als wir an unserem Haus vorbeifuhren, schaute Tante Anny gerade aus dem Küchenfenster und ich winkte ihr zu. Doch als ich heimkam, begann sie zu schimpfen: »Ich habe dir doch verboten, Fahrrad zu fahren. Wenn dir etwas passiert … Wir haben die Verantwortung für dich. Wenn du nicht gehorchst, schicken wir dich nach Berlin zurück.«

Kleinlaut entschuldigte ich mich. Denn ich wollte unbedingt in der Schweiz bleiben. So endeten meine Fahrradkünste.

Tante Anny und Onkel Robert mussten während ihrer Freizeit viele Aufgaben im Haushalt und im Garten erledigen. Heute ist es mir unbegreiflich, wie sie alles trotz ihrer Fabrikarbeit schafften. Sie mussten die Hühner und Kaninchen versorgen und die Gehege säubern. Ich durfte damals mit dabei helfen und war ganz stolz darauf. Später schrieb Tante Anny in einem Brief: »Ich muss nun gehen, die Hühner hüten. Ich habe keine Elke mehr, die das besorgt.«

Gelegentlich mähte Onkel Robert mit einer Sense den Rasen. Ein anderes Mal hackte er wieder vor dem Haus das im Wald gesammelte Holz. Danach schichtete er es in der Scheune auf, die an das Gebäude grenzte. So konnten sie an kalten Tagen den Küchenofen heizen.

Der Gemüse- und Blumengarten erforderte ebenfalls Zeit und Mühe. Tante Anny und Ruth ernteten und verarbeiteten das Gemüse. Im Herbst wurden die Äpfel und Birnen von den Obstbäumen eingebracht, in Regalen gelagert oder Konfitüre zubereitet. Außerdem hatte meine Pflegemutti neben dem Haus einen kleinen Steingarten mit Pflanzen angelegt. Vier Gartenzwerge standen ebenfalls dort. Eines Tages waren zwei Männlein verschwunden. Tante Anny ärgerte sich. Onkel Robert tröstete sie: »Ich denke, die sind sicher bei der Arbeit im Wald.«

Bedauerlicherweise sind sie nicht mehr zurückgekehrt.

Am Samstag war der große Waschtag. Die Waschküche lag im Keller. Der Heizkessel wurde angeschürt, die Wäsche in der Badewanne eingeweicht und dann von Tante Anny und Ruth auf einem Waschbrett bearbeitet. Bei schönem Wetter hängten sie alles im Gemüsegarten auf. Dort hatten Onkel Robert und Fred Schnüre gespannt, und die Wäsche konnte in der Sonne schnell trocknen.

Anschließend badete nacheinander die gesamte Familie. Ich erinnere mich nur noch vage daran, dass ich auch in der Badewanne saß und mich einseifte. Später gingen wir in die Küche und aßen zu Abend. Ein arbeitsreicher Tag neigte sich dem Ende zu.

Abends war es besonders gemütlich. Wir saßen nach dem Essen am Tisch in dem kleinen holzgetäfelten Zimmer, das an die Küche grenzte. Rechts von mir blätterte Tante Anny in der Zeitung, links las Onkel Robert ganz vertieft in einem Buch. Ich hatte Bastelbögen geschenkt bekommen und schnitt eifrig die einzelnen Teile aus. Später wollte ich sie zu Häusern für ein Schweizer Dorf zusammenkleben. Manchmal zitierte Tante Anny aus interessanten Zeitungsartikeln. Onkel Robert reagierte nicht oder sagte: »Hm …, Hm …«

Daraufhin meinte Tante Anny: »Ja, hörst du mir überhaupt zu?«

Er antwortete erneut: »Hm …«

Da musste ich mir das Lachen verkneifen. Schließlich waren beide müde und gingen zu Bett, da sie zeitig aufstehen mussten.

Ich blieb noch ein Weilchen auf dem bequemen Sofa sitzen, das in der Ecke stand. *Chuzli* legte sich neben mich und schnurrte. Fast immer las ich noch. Neben meinem Bett hatte ich interessante Bücher entdeckt, die eigentlich nicht für mich geeignet waren. Eins davon handelte von den Hugenotten, die in Frankreich unzähligen Schwierigkeiten ausgesetzt waren. Zahllose Menschen wurden bei einer Hochzeit ermordet. Damals verstand ich nicht, warum sie sterben mussten. Als Tante Anny merkte, welche Lektüre ich entdeckt hatte, verschwanden plötzlich die spannenden Werke. Stattdessen schenkten sie mir Mädchenbücher, die für mein Alter passend waren.

Einmal in der Woche sang Tante Anny abends in einem Gesangsverein. Onkel Robert und ich aßen allein zu Abend und räumten anschließend die Küche auf: »Komm, wir setzen uns ins kleine Zimmer. Ich lese dir aus meinem Buch vor. Oder soll ich dir eine lustige Geschichte erzählen?«

Manchmal tanzte er in der Küche, sodass ich lachen musste. Das war eine schöne Zeit für mich.

Wenn Tante Anny heimkam, saßen wir am Tisch still und ruhig, als hätten wir den ganzen Abend so verbracht.

Für mich war es außergewöhnlich, jemanden zu haben, der für mich da war. In Berlin gab es Zeiten, in denen ich bisweilen zwei bis drei Tage allein zu Hause verbrachte. Meine Mutti war als Begleiterin von Rotkreuz-Kindertransporten häufig unterwegs. Hier kümmerten sich ständig meine Pflegeeltern, ihre Tochter und Schwiegertochter um mich.

Anfang Mai machten wir einen Sonntagsausflug an den Bieler See. Wir fuhren mit dem Zug nach Biel, sahen uns die Stadt an und aßen in einem Gasthaus am Seeufer zu Mittag. Dort war auch ein kleiner Tierpark, wo man Ziegen, Rehe und Vögel anschauen konnte. Das schönste Erlebnis war jedoch, dass ich zweimal auf einem Pony reiten durfte.

Einige Tage danach nahm mich Onkel Robert nachmittags zu seiner Arbeitsstelle mit. Wir marschierten durch das Dorf bis zum Bahnhof und bogen hinter den Geleisen links ab. Dort befand sich die Ziegelei, in der er arbeitete. Der Besitzer, Herr Langer, kam aus Deutschland und hatte mich zu einer Besichtigung eingeladen. Nach einer kurzen Begrüßung stellte er mich seiner Frau vor. Er entschuldigte sich, dass er einige Lieferungen zu kontrollieren hätte. So zeigte mir Frau Langer die Gebäude und lud mich noch zum Kuchenessen ein. Ich blieb den ganzen Nachmittag bei ihr. Auf ihre Fragen, woher ich komme und wie es mir gefiele, erzählte ich ihr von Berlin und meinen bisherigen Erlebnissen. Die Zeit verging wie im Flug. Onkel Robert holte mich wieder ab und gemeinsam gingen wir heim.

Außerdem lernte ich Frau Däppen kennen. Sie war eine Arbeitskollegin meiner Pflegemutter. Ich traf sie öfter, wenn ich Tante Anny von der Arbeit abholte. Wir plauderten bei diesen kurzen Treffen über die neuesten Ereignisse. Gelegentlich schenkte sie mir eine Tafel Schokolade. Eines Tages lud sie mich zu sich nach Hause ein. Sie holte mich an einem Samstagnachmittag ab. Wir liefen durch das Dorf, am Bahnhof vorbei, in eine mir unbekannte Gegend von Pieterlen. Dort wohnte sie mit ihrem Mann in einem schmucken Haus mit einem gepflegten Garten.

Frau Däppen zeigte mir ihr Reich. Das Wetter war so schön, dass wir uns anschließend auf die Terrasse setzten. Sie erzählte von ihrer unbeschwerten Kindheit in Riga. Als sie acht Jahre alt war, brach der Erste Weltkrieg aus. Ihren Mann lernte sie Ende der 1920er-Jahre kennen. Er arbeitete damals in Lettland.

Vor dem Zweiten Weltkrieg heirateten sie und zogen in seine Schweizer Heimat. Bedauerlicherweise konnten sie keine Kinder bekommen. Wahrscheinlich schloss sie mich deswegen in ihr Herz.

Als ich wieder in Berlin war, schrieben wir uns regelmäßig. Sie lud mich jedes Mal, wenn ich zu meinen Pflegeeltern reiste, erneut zu Besuch ein.

Meiner Mutti schrieb ich fleißig, was ich alles erlebt hatte. Ich beschrieb ihr unseren Ausflug nach Bern: »Am Sonntag fuhren wir nach Bern. Es war schönes Wetter und wir waren zuerst im Tierpark. ... Anschließend aßen wir zu Mittag und danach gingen wir zum Berner Bärengraben. Dort gab es ein kleines Bärenjunges, das so drollig war. Am liebsten wäre ich länger dortgeblieben.«

Mittlerweile war es Juni. Mein Aufenthalt in der Schweiz neigte sich dem Ende zu. Ich fühlte mich sehr wohl bei meiner Schweizer Familie. Alle waren freundlich zu mir.

Nur mit Kurtli kam ich nicht mehr zurecht. Gelegentlich musste ich mit ihm spielen. Wenn ich mich ärgerte, weil er manches nicht kapierte, hieß es immer: »Er ist noch so klein!«

Wenn ich schon seine Stimme hörte, ich solle zu ihm komme, suchte ich mir schnell ein Versteck. Das Plumpsklo erwies sich dafür als nützlich.

Oder ich zog mich in einen Holzanbau zurück, der früher als Atelier gedient hatte. Tante Anny trocknete hier Kräuter. Da suchte mich niemand und ich hatte meine Ruhe. Außerdem konnte ich dort die Micky-Maus Hefte lesen, die ich mir kaufen durfte. Tante Anny und Onkel Robert gaben mir das Geld dafür.

Am Ende meines Aufenthalts wollte ich ein Abschiedsfest vorbereiten. Dafür dichtete ich einige Lieder, die meine Erlebnisse schilderten. Ein Jahr zuvor hatte ich vier Wochen in einem Kinderheim in Bad Wildungen verbracht. Zum Schluss organisierten die Betreuerinnen ein Fest. Einige Kinder durften an der Aufführung teilnehmen und ein Lied oder Gedicht vortragen. Diesmal war ich Alleinunterhalterin und dachte mir die entsprechenden Texte aus.

Zuvor wurde noch die Taufe von Vrenis kleiner Tochter Lotti gefeiert. Es waren eine Menge Gäste eingeladen. Die Dorfbewohner, die zuschauen wollten, fanden in der Kirche kaum Platz. Es gab ein Festessen und später fuhren die geladenen Gäste an den Bieler See. Meine Pflegeeltern und ich blieben allein zu Hause. Wir setzten uns im Garten auf eine Bank.

Als Onkel Robert sagte: »Jetzt habe ich keine Zigaretten mehr ...«, stand ich auf und lief zu Anton hinauf. Seit Kurzem bewohnte er ein Zimmer unter dem Dach. Er holte seinen Motorroller heraus, brummelte: »Setz dich hinten drauf«, und gemeinsam besorgten wir eine Schachtel Zigaretten. Das war ein Spaß, meine erste Fahrt auf einem Moped.

Schließlich kam mein letzter Tag in der Schweiz. Vreni und ich gingen mit Lotti im Kinderwagen auf der Hauptstraße unterhalb unseres Gartens spazieren. Plötzlich sah ich eine Rotkreuzschwester auf der anderen Seite stehen. Ich schaute genauer hin: »Das ist meine Mutti!«

Ich lief hinüber und umarmte sie. Solch eine Überraschung, mir hatte niemand gesagt, dass sie mich abholen würde.

Am Abend fand die Abschiedsfeier statt. Alle waren gekommen und saßen in dem kleinen Wohnzimmer. Es war etwas eng. Doch ich öffnete die Schiebetür zur Küche hin und benutzte diesen Raum als Bühne. Für jeden hatte ich einen Vers in meinem Programm und zum Schluss bekam ich viel Applaus.

Tante Anny und Onkel Robert brachten uns am nächsten Morgen zum Bahnhof. Mein Koffer lag auf dem Leiterwagen. Der Regionalzug fuhr ein, wir verabschiedeten uns und stiegen in einen Waggon. Ich winkte, bis der kleine Bahnhof und meine Pflegeeltern nicht mehr zu sehen waren.

Nach kurzer Zeit waren wir in Biel und stiegen in den D-Zug nach Basel um. Später fuhr ich diese Strecke ein paar Mal, da Tante Anny und Onkel Robert mich oft einluden, meine Ferien bei ihnen zu verbringen. Ich höre den Schaffner noch immer rufen, nach all den Jahren: »Nächste Stationen Moutier, Delémont.«

In Basel wartete bereits der Sonderzug, den meine Mutti als Rotkreuzschwester begleiten sollte. Und alle Kinder, die sich in der Schweiz drei Monate erholen durften, fuhren wieder heim nach Berlin.

KAPITEL 3

Über die Rückkehr nach Berlin freute ich mich zwar, doch die Eingewöhnung in das Stadtleben fiel mir schwer. Ich schrieb meinen Pflegeeltern oft, und sie berichteten mir von ihrem Alltag. Im August wurde *Chuzli* auf der Hauptstraße von einem Auto überfahren. Onkel Robert holte ihn in einer kleinen Kiste vom Unfallort ab und fuhr zum Tierarzt nach Grenchen. Dieser stellte einen Beckenbruch fest und meinte, man müsste abwarten. Da *Chuzli* tagsüber allein war, übernahm die Nachbarin die Pflege. Sie bettete ihn auf ein Kissen in einem Körbchen und kaufte sogar ein Milchfläschchen, um ihn zu füttern.

Eine Woche später wurde *Blässi*, der Bernhardiner, ebenfalls von einem Auto angefahren. Zum Glück wurde er nicht schwer verletzt. Darüber war ich traurig und hoffte, im nächsten Brief positive Nachrichten zu lesen.

Im Oktober schrieb mir Tante Anny, dass *Chuzli* verstorben sei. Der Tierarzt hätte ihm eine Spritze verabreicht, um seine Qualen zu beenden. In Pieterlen wurde es kalt, und Onkel Robert heizte den Ofen mit dem gesammelten Holz. Auf dem Spitzberg bei Biel lag bereits Schnee.

Am 23. Oktober 1956 begann der Freiheitskampf in Ungarn. Eine große Zahl an Flüchtlingen zog in die Schweiz, und meine Pflegeeltern wollten ebenfalls eine Person aufnehmen. Tante Anny berichtete mir, dass nur Familien vermittelt wurden, sie allerdings keinen Platz für mehrere Leute hätten.

Ich erfuhr einiges von ihren Enkelkindern, dass Kurtli fünf Jahre alt geworden war und Lotti bereits allein sitzen konnte. Außerdem hätte ihre Tochter jetzt die Wohnung im ersten Stock des Bauernhofs bezogen.

In der Schweiz wurde der autofreie Sonntag eingeführt, um Benzin zu sparen. Tante Anny schrieb: »Ich vermisse den *Chuzli* immer noch. Heute käme er unter kein Auto. Denk Dir, es ist seit heute, Sonntag, verboten, Auto zu fahren ... Das ist eine unheimliche Stille auf der Straße. Jetzt könnte *Blässi* ruhig spazieren.«

Im Dezember erhielt ich einen Brief von Onkel Robert. Ich hatte ihnen mitgeteilt, dass ich Stewardess werden wollte. Er meinte dazu:

»Hast Du Dir auch überlegt, was das für ein gefährlicher Beruf ist. In letzter Zeit stürzen allerhand Flugzeuge ab und kommen viele Menschen ums Leben, dass einem ganz bange wird. Du musst Dir Deine Berufswahl genau überlegen und bis Du aus der Schule kommst, schlüpft noch manche Maus in ein anderes Loch.«

Zu Weihnachten erhielt ich von meinen Pflegeeltern ein Päckchen mit Stoff für ein Kleid, einem Buch, Schweizer Schokolade und anderen Leckereien. Außerdem luden sie mich ein, im Sommer meine Ferien bei ihnen zu verbringen.

Im Februar 1957 teilte mir Tante Anny mit, dass es in der Ziegelei in Pieterlen zu einem Großbrand gekommen war:

»Lege hier ein paar Bilder bei, von dem großen Brand der Ziegelei, den wir vom 6. auf den 7. Februar erlebt haben. Onkel Robert hat sich schon früh ins Bett gelegt und geschlafen. Ich saß am Radio bis zehn Uhr und hatte mich nachher ebenfalls ins Bett gelegt. Plötzlich klingelte das Telefon. Sofort dachte ich an etwas Schlimmes, es war halb elf nachts. Es war Vreni, die anläutete. ›Mutter, rufe sofort den Fred, das Feuerhorn geht, die Ziegelei brennt.‹ Schon läuteten die Kirchenglocken in die Regennacht hinein und wirklich, die Ziegelei stand in hellen Flammen. Es war eine schreckliche Nacht, es hätte noch ein größeres Unglück geben können, wenn ein starker Wind gewesen wäre. Zum großen Glück herrschte ziemliche Windstille.«

Die Monate vergingen und ich erfuhr eine Vielzahl an Neuigkeiten. Für die Landwirte war das Wetter im Mai und Juni kalt und regnerisch. Mit Mühe und Not konnte das Heu eingebracht werden. Der Aufbau der Ziegelei war in vollem Gange, damit der Betrieb nach drei Monaten wieder aufgenommen werden konnte. Während der Bauarbeiten passierten drei größere Unfälle, wobei ein Mann tödlich verunglückte. Tante Anny fuhr mit dem Gesangsverein ins

Berner Oberland. Der Anton aus dem Dachgeschoss heiratete eine Italienerin, und Kurtli kam in den Kindergarten.

Anfang Juli packte meine Mutti den Koffer für mich. Dann verabschiedeten wir uns, da sie einen Transport begleiten sollte. Am nächsten Tag holte mich eine Tante ab und brachte mich zum Bahnhof. Ich fuhr mit einem Sonderzug über Offenburg nach Basel. Er war voll gerammelt mit Berliner Kindern, die alle durch das Deutsche Rote Kreuz die Gelegenheit erhielten, in Süddeutschland und der Schweiz ihre Ferien zu verbringen. Es war wieder eine stundenlange Fahrt. Glücklicherweise hatten einige Mädels und Jungen Comic-Hefte dabei, sodass es nicht langweilig wurde. Andere Buben vertrieben sich die Zeit mit Späßen. Das war ein Gekicher und Gelächter.

Am Bahnhof in Offenburg begrüßte mich zu meiner Überraschung meine Mutti. Sie hatte einen anderen Kindertransport begleitet. Ich freute mich riesig über das kurze Wiedersehen. Nach Basel fuhren nur noch wenige Kinder. Im Schwarzwald wurde aufgrund der ansteigenden Bahnstrecke an fast jeder Station die Lokomotive gewechselt. Sie pustete und der Dampf, den sie ausstieß, wehte wie eine Fahne hinter ihr her. Trotzdem schaffte sie es jeweils nur kurze Zeit, den Zug zu ziehen. Dadurch hatte er zwei Stunden Verspätung.

In Basel brachte mich eine Rotkreuzschwester zur Bahn in Richtung Biel und erklärte mir, wo ich aussteigen musste. Wie bei meiner letzten Reise bewunderte ich die waldbedeckten Berge und die Wiesen, auf denen Kühe weideten. In Grenchen holten mich Vreni und ihr Mann Walter ab und brachten mich nach Pieterlen. Meine Pflegeeltern freuten sich, mich wiederzusehen.

»Schön, dass du wieder bei uns bist. Und Geschenke hast du auch mitgebracht ...»

In meinem neu eingerichteten Zimmer stand ein herrlicher Blumenstrauß.

»Was ist denn aus dem Stoff geworden, den wir dir geschickt haben?», fragte Tante Anny, als sie mir beim Auspacken half.

«Der liegt noch zu Hause. Wir haben keine Schneiderin.»

»Deine Mutti soll ihn herschicken, dann kann die Frau Weber ein Dirndlkleid daraus nähen.»

Es waren erneut abwechslungsreiche Ferien. Tante Anny hatte ebenfalls Urlaub genommen und machte Ausflüge mit mir. Wir fuhren öfter nach Biel, und sie zeigte mir die Sehenswürdigkeiten von der Stadt. Am Bieler See spazierten wir auch an der Uferpromenade entlang.

Onkel Robert musste in der wieder aufgebauten Ziegelei arbeiten. Wenn er am späten Nachmittag heimkam, gingen wir mitunter spazieren. Hinter dem Haus befand sich ein ausgedehntes Weizenfeld. Einige Schritte weiter führte ein Weg bergauf zum Wald, wo wir gern wanderten. Dort war es angenehm, besonders an heißen Sommertagen. Es regte sich kein Lüftchen, ein Specht klopfte an einen Baum und die Mücken umschwirrten uns. Allerdings war kein Vogel zu hören. An anderen Tagen rauschte der Wind durch die Zweige, Äste fielen herab und Onkel Robert meinte: »Jetzt gibt es wieder genügend zum Holz sammeln. Magst morgen mitkommen?«

Tagsüber ging ich häufig in den Garten. Manchmal suchte ich nach Engerlingen und warf sie in den Hühnerhof. Ich las auch Schnecken auf und verwahrte sie in einer kleinen Schachtel, die ich auf den Balkon vor meinem Fenster stellte. Merkwürdigerweise waren sie am folgenden Morgen verschwunden. Des Weiteren versuchte ich im Rasen Löwenzahn zu entfernen. Tante Anny hatte mir gezeigt, wie das ging. »Du musst mit der schmalen Schaufel ganz tief im Boden graben, denn die Wurzeln sind recht lang. Versuch, alles herauszustechen, sonst wuchert das Unkraut immer weiter.«

So grub ich mühsam und entfernte diese lästige Pflanze häufig nur mit einer abgerissenen Wurzel.

Wenn das Gras hoch genug stand, mähte es Onkel Robert mit der Sense. Das Heu ließ er trocknen und rechte es danach zusammen. Später half ich ihm, es in die Scheune zu bringen. Nach getaner Arbeit ging ich allein hinein und setzte mich auf einen Heuballen. Es roch nach einem trockenen, warmen Sommertag. Ich träumte von einem Ausflug ins Grüne, den meine Mutti sonntags, wenn sie Zeit hatte, mit mir unternahm. Ich hätte mich gern ins Heu hineingekuschelt. Doch ich traute mich nicht, und so verließ ich den Schober bald wieder.

Meine Neugier trieb mich häufig auf Entdeckungs-
tour. Den Holzanbau, der links am Haus stand,
kannte ich bereits von meinem letzten Aufenthalt.
Onkel Robert hatte weitere offene Regale an den
Wänden befestigt, damit Tante Anny noch Thymian,
Salbei und Minze zum Trocknen ausbreiten konnte.
Die Kamillenblüten dufteten angenehm, besonders
wenn die Sonne den Raum durch die zahlreichen
Fenster erwärmte.

Der Rundgang führte mich mitunter in den Keller.
Besonders an heißen Tagen durchsuchte ich die
Räume und genoss die angenehme Kühle. Meine
Pflegemutter bewahrte da Vorräte und Eingemach-
tes auf. Ein großes Steingutfass zog mich hauptsächlich an. Wenn ich den Holzdeckel entfernte, schnup-
perte ich den herben Geruch von Sauerkraut und
konnte nicht widerstehen. Ich nahm mir eine Hand-
voll von dem Kraut und kostete es. Nach dem
Rundgang setzte ich mich in einen Liegestuhl. Oft
las ich eins der Bücher, die ich geschenkt bekommen
hatte oder Micky Maus Hefte.

Abends saßen wir nach dem Abendbrot häufig auf
der Bank hinter dem Anwesen oder bei kühlem Wetter am Tisch im kleinen Zimmer neben der Küche.
Tante Anny und Onkel Robert lasen in der Zeitung,
und ich schnitt von einem Bastelbogen erneut Häuser für ein Schweizer Dorf aus. Die Teile klebte ich
zusammen und konnte bald einige Bauernhäuser
und eine Kirche aufstellen.

Bisweilen nahm mich Vrenis Mann Walter im Lastwagen mit. Er war als Fahrer für eine Speditionsfirma häufig auf Reisen. Wenn er im Kanton Bern Transporte auslieferte, durfte ich mitfahren. Mit der Zeit lernte ich viele Gegenden kennen.

Meine Freundin Brigitte, die mir zwischendurch geschrieben hatte, verbrachte ihre Ferien zu Hause. Wir unternahmen an etlichen Nachmittagen gemeinsam kleine Ausflüge.

Auch zu *Blässi* ging ich oft. Zu meiner Freude erkannte er mich sofort wieder.

Frau Däppen lud mich ebenfalls ein. Wir unterhielten uns oder spielten im Garten Federball. Wenn ihr Mann von der Arbeit heimkam, beteiligte er sich am Spiel. Er war häufig zu Späßen aufgelegt, sodass es lustig wurde. Familie Däppen nahm mich auch auf eine Wanderung nach Romont mit, wo ich ein Jahr zuvor den kleinen Kochlöffel gewonnen hatte.

Weitere erlebnisreiche Tage folgten. Tante Anny und ich machten eine Tour nach Balm, einer sehenswerten Ruine bei Günsberg nördlich von Solothurn. Ein paar Tage später fuhr die ganze Familie, meine Pflegeeltern, Fred, Ruth, Kurtli und ich zum Bieler See. Das Wetter war wie geschaffen für diesen Ausflug. An den Anlegestellen der Personenschifffahrt schauten sich die Erwachsenen die Fahrpläne an. Sie beratschlagten und entschieden sich für ein Schiff, das uns nach Twann brachte. Diese kleine Ortschaft liegt am Nordufer des Sees. Nach einem Rundgang aßen wir in einem Gasthaus Mittag. Anschließend erkundeten wir die Taubenlochschlucht. Dort wanderten wir entlang eines Flussbettes an schroffen Felsen vorbei, wo eine angenehme Kühle herrschte. Am späten Nachmittag fuhren wir mit einem Dampfer zur Petersinsel und von da zurück nach Biel.

Am 1. August feiert die Schweiz ihren Nationalfeiertag. Das Dorf veranstaltete ein großes Fest. Die Kapelle spielte, und Walter gab seine Trompetenkünste zum Besten, nachdem er vorher fleißig geübt hatte. Ein Chor sang Volkslieder. Der Höhepunkt fand abends statt, ein Feuerwerk ließ den Abendhimmel über der Kirche aufblitzen. Tante Anny, Onkel Robert und ich saßen bei Fackelschein auf der Bank hinter dem Haus und genossen den Abend.

Eine Rundfahrt ins Berner Oberland war der Höhepunkt der Ferien. Ich beschrieb sie in einem Brief an meine Mutti: »Früh am Morgen sind wir losgefahren, durch Dörfer und kleine Städte. Wir erreichten Thun und fuhren am Thunersee entlang. Die Aussicht war herrlich, der blaue See eingerahmt von Bergen, badende Menschen, in der Ferne die Schneegipfel, Dörfer mit schmucken Häusern. Dann kamen wir nach Interlaken, eine schöne Stadt mit zahlreichen Hotels. Weiter ging's nach Lauterbrunnen, wo wir die Trümmelbachfälle besuchten. Das hättest Du sehen sollen, beschreiben kann man das nicht. Ich zeige Dir später Bilder davon. Schade, dass die Zeit nicht ausreichte, um auf das Jungfraujoch hinaufzufahren. In Grindelwald aßen wir Mittag. Auf dem Rückweg fuhren wir auf der gegenüberliegenden Seite des Thunersees entlang. Im Emmental trafen wir Vreni und Walter, mit denen wir zurückkehrten.«

Das Wetter meinte es gut mit uns und für mich war es ein unvergessliches Erlebnis.

Leider waren diese Ferien Ende August vorbei. Meine Mutti kam zwei Tage vorher nach Pieterlen, um mich abzuholen. Wir fuhren zusammen nach Basel und von dort mit dem Kindersonderzug zurück nach Berlin.

KAPITEL 4

Ende November grassierte die Grippe in Pieterlen, und unzählige Leute erkrankten. Ruth pflegte ihren Mann, Sohn und meine Pflegeeltern. Schließlich erwischte auch sie die Krankheit. Vreni erwartete ihr zweites Kind und wurde zur Entbindung ins Spital eingeliefert. Als sie mit dem Baby heimkam, hatte ihre Tochter Lotti drei Tage hohes Fieber. Zum Glück erholte sich die ganze Familie wieder.

Im Januar 1958 zog der Winter ein. Es schneite, sodass die Kinder nach Herzenslust Ski und Schlitten fahren konnten.

Im Sommer wurde ich vom Roten Kreuz zu einer Pflegefamilie in Bayern geschickt. Dort war ich mir selbst überlassen, durfte mich nur in dem großen Haus und Garten aufhalten. Wehmütig dachte ich an die letzten Ferien in der Schweiz zurück.

Ein Jahr später verschickte man mich zu einer netten Familie nach Bad Salzuflen. Sie nahm mich herzlich auf, und ich verbrachte einige Wochen bei ihnen.

Meinen Schweizer Pflegeeltern schrieb ich weiterhin regelmäßig. Ich erfuhr von ihnen alle Neuigkeiten. Vreni arbeitete samstags in einem Geschäft, und Tante Anny hütete die Töchter Lotti und Trudi.

Kurtli ging bereits in die 2. Schulklasse und das Lernen machte ihm Spaß.

Ende April 1960 schrieb Onkel Robert, dass es sehr kalt sei und viel geschneit hätte wie den ganzen Winter nicht. Die Bäume waren in schönster Blüte und das sei für die Fruchtbildung miserabel. Ihm ginge es auch nicht gut. Der Arzt hätte bei ihm einen zu hohen Blutdruck festgestellt und nun musste er sich schonen.

Der Sommer war verregnet, die Zuckerrüben schwammen fast im Wasser. Die Bauern schafften es nicht, alle Kartoffeln auszugraben.

Tante Anny und Onkel Robert verbrachten ihren Urlaub zu Hause. Sie hatten mich erneut eingeladen. Obwohl meine Mutti regelmäßig Kindertransporte begleitete, hatte sie keinen Einfluss darauf, einen Platz für mich in der Schweiz zu bekommen. Um nicht die Sommerferien alleine zu Hause verbringen zu müssen, wurde ich nach Schleswig-Holstein geschickt.

Onkel Robert schrieb: »Hier ist es immer am schönsten, man kann machen, was man will und so am besten ausruhen. Bei dem heutigen Verkehr auf der Straße ist es nicht mehr angenehm für den Fußgänger. Die Autos rasen den ganzen Tag hin und her, alles ist pressant. ... Wie geht es bei euch in Deutschland, habt Ihr nicht Angst, wenn so viele Flüchtlinge kommen von Osten. Solche Unruhen geben einem zu denken in der heutigen Zeit. Überall steht alles auf gegen die Regierung, was kein gutes Ende nehmen wird. Wir wollen hoffen, der liebe Gott werde uns allen in dieser unsicheren Zeit beistehen und alles zum Guten lenken.«

Im Herbst gab es eine reichliche Apfel- und Birnenernte, sodass die ganze Familie alle Hände voll zu tun hatte. Sie hätten uns gern etwas von ihrem Obst abgegeben, aber leider war die Entfernung zu groß. Tante Anny hoffte, dass ich im nächsten Sommer wieder zu ihnen kommen konnte.

Das Jahr 1962 brachte der Bevölkerung im Jura keinen Frühling. Das Wetter war kalt, sodass die Leute heizen mussten. Im Garten wuchs kein Gemüse. Wenn man es kaufen wollte, war es teuer oder fast nicht erhältlich. Onkel Robert machte weiterhin seinen Spaziergang im Wald. Auf dem Heimweg pflückte er einen schönen Feldblumenstrauß. Tante Anny freute sich sehr darüber. Sie luden mich wieder ein, meine Ferien bei ihnen zu verbringen. Bedauerlicherweise wurden in meinem Alter keine Jugendlichen mehr verschickt. Auch ich hätte meine Pflegeeltern gern wieder besucht. Deswegen nahm ich kleine Nebenjobs an, um mein Taschengeld aufzubessern. Ich trug Zeitungen aus und verteilte in den Wohnhäusern in Siemensstadt Prospekte. Meine Mutti hatte nur einen kleinen Verdienst. Traurig zählte ich vor den Sommerferien meine Ersparnisse. Für eine Bahnfahrt reichten sie nicht.

Im Herbst gab es in Pieterlen im Garten eine Menge zu tun. Die Früchte wurden reif. Zuerst kamen die frühen Birnen, dann die Rotpflaumen, anschließen die Zwetschgen und zum Schluss die Äpfel. Wenn Onkel Robert und Tante Anny aus der Fabrik heimkamen, machten sie sich dran, das Obst zu pflücken und einzukochen oder für die Lagerung zu sortieren. Es war anstrengend für sie, da in ihrem Alter die Kräfte langsam nachließen.

Onkel Robert machte sich erneut Gedanken über die Weltlage: »Tag für Tag finden Konferenzen statt für einen dauernden Frieden, und überall werden die schrecklichsten Gräueltaten verübt. Niemand will was dagegen tun. Die jungen Leute wollen nicht arbeiten, nur noch stehlen und morden. Täglich hört man, dass junge Mädchen und Burschen von zu Hause weggehen, wenn die Eltern sie zurechtweisen wollen. Die Welt hat sich in den letzten Jahren stark verändert. Die meisten Eltern haben keine Zeit mehr, die Kinder richtig zu erziehen. Sie müssen Geld verdienen, damit sie ein Auto kaufen können. Die Kinder sind sich selbst überlassen. Sie werden mit Taschengeld überhäuft und können sich alles leisten, Kino, Zigaretten und was ihnen gefällt. Gottlob haben wir unseren Sohn und unsere Tochter zur Arbeit angehalten und sie zu rechten Leuten erzogen.«

Vreni und Walter waren inzwischen nach Biel gezogen. Sie wohnten jetzt in der Dienstwohnung einer großen Firma. Weihnachten luden sie ihre Eltern zum Essen ein. Auf dem Weg vom Bahnhof zu ihrem Haus stürzte Tante Anny so unglücklich, dass sie sich das rechte Bein oberhalb des Knöchels brach.

Ein Ambulanzwagen brachte sie ins Spital, wo sie sofort versorgt wurde.

Der Winter hielt seinen Einzug mit reichlich Schnee, der bald in Regen überging. Außerdem war es kalt und ungemütlich. Die Leute konnten froh sein, wenn sie gute Heizungen oder genug Brennholz für die Öfen hatten.

Im Januar 1963 begleitete meine Mutti einen Transport nach Süddeutschland und besuchte anschließend meine Pflegeeltern. Gerade zu dieser Zeit lag reichlich Schnee. Es gab ein ziemliches Verkehrschaos auf den Straßen und Schienen.

Tante Anny hatte nach dem Unfall monatelang Probleme und musste am Stock gehen. Die Gemeindeschwester Frieda kam dreimal in der Woche, um das Bein zu massieren. Langsam wurde es Frühling. Im Garten blühten die Obstbäume. Meine Pflegemutti konnte noch nicht in der Fabrik arbeiten. So nutzte sie die Gelegenheit und strickte für ihre Enkelkinder Socken.

Im Sommer hatte ich endlich die Möglichkeit, meine Pflegeeltern wieder zu besuchen. Sie freuten sich sehr, als ich ihnen mitteilte, dass ich meine Ferien bei ihnen verbringen würde.

Meine Mutti hatte sich beim Deutschen Roten Kreuz dafür eingesetzt, dass ich einen Kindertransport begleiten durfte. Anfang Juli fuhr ich mit einem Sonderzug als Betreuerin in die Schweiz. In Basel stieg ich in den Zug nach Biel. Ein Schaffner klärte mich auf: »Sie können doch in Grenchen umsteigen, das ist günstiger für sie.«

Leider hatte ich vergessen, wie viele Stationen es bis Grenchen waren. Deshalb schaute ich häufig aus dem Fenster. Der Schaffner kam auch nicht mehr vorbei. So fragte ich einen Mitreisenden aus dem Nebenabteil. Es war ein Franzose, der sich nicht auskannte. »Je ne sais pas, Mademoiselle, je suis désolé – Ich weiß es nicht, Fräulein, es tut mir leid.«

Nach einem langen Tunnel hielt der Zug. Erneut schaute ich hinaus, konnte aber nirgends den Stationsnamen sehen. Als der Zug anfuhr, las ich auf einem Schild Grenchen – Nord. So fuhr ich an Pieterlen vorbei bis Biel. Am Bahnhof suchte ich nach dem Bahnsteig, von dem ich mit dem Regionalzug zurückfahren konnte. Ein Schaffner, der mir freundlicherweise den Koffer trug, brachte mich zum richtigen Gleis. Im Zug musste ich dann noch 1.20 Franken nachzahlen.

In Pieterlen angekommen, rief ich sofort Onkel Robert an. Er holte mich vom Bahnhof ab. Ich freute mich riesig, ihn nach so langer Zeit wiederzusehen und mir kamen die Tränen. Wir luden meinen Koffer auf den Handwagen und fuhren nach Hause. Es gab einige neue Gebäude im Dorf, aber sonst hatte sich kaum etwas verändert in meinem zweiten Zuhause. Mein Pflegevater informierte mich unterwegs über einige Neuigkeiten.

»Stell dir vor, *Blässi* ist gestorben, vor zwei Monaten. Er war schon alt und hatte Probleme mit dem Laufen. Die Hühner und Kaninchen sind nach und nach im Kochtopf gelandet. Es war allmählich zu anstrengend für uns.«

Tante Anny und Onkel Robert hatten ebenfalls Urlaub und unternahmen mit mir Ausflüge. Ferner besuchte ich Frau Däppen. Sie freute sich sehr und wir unterhielten uns über ihre alte Heimat und Russland. Sie war froh, dass sie in der Schweiz leben konnte.

Zwischendurch fuhr ich allein nach Biel und besuchte Vreni in ihrer neuen Wohnung. Ihre Töchter, inzwischen sieben und sechs Jahre alt, waren reizende Mädchen. Wir machten gemeinsam einen Stadtbummel. Ich kaufte mir bei dieser Gelegenheit eine Handtasche aus weißem Kunstleder, denn Tante Anny hatte mir Geld gegeben.

An einem sonnigen Tag machten meine Pflegeeltern mit mir einen Ausflug nach Lengnau. Die Ortschaft liegt wenige Kilometer von Pieterlen entfernt. Es war heiß und so machten wir nur einen kleinen Rundgang. In dem schattigen Garten eines Gasthauses aßen wir zu Mittag. Doch wir konnten das Essen nicht genießen, da uns die Bremsen umschwirrten. Wieder zu Hause angekommen, meinten Tante Anny und Onkel Robert: »Es ist recht heiß heute. Wir legen uns etwas hin. Du magst machen, was du willst.«

So suchte ich mir im Garten ein schattiges Plätzchen unter einem Obstbaum. Dort setzte ich mich in einen Liegestuhl und las in einem Abenteuerbuch, das mich damals interessierte. Gegen Abend machten Onkel Robert und ich wieder einen Spaziergang im Wald. Es war noch immer unsere Lieblingsbeschäftigung. Tante Anny beobachtete uns einmal, als wir zurückkamen. »Du läufst genauso krumm wie Onkel Robert«, meinte sie. Da er meistens die Hände hinter dem Rücken verschränkte, beugte er sich dabei vor, und ich tat es ihm gleich.

Die nächste Tour ging nach Langenthal, eine Stadt zwischen Solothurn und Olten. Tante Anny hatte dort mit ihrem Gesangverein eine Aufführung. Onkel Robert und ich begleiteten die Truppe. Dann wünschten wir allen Teilnehmern Glück und Erfolg und gingen in der Stadt spazieren. Danach nahmen wir in einem Café Platz. Nach dem Ende der Vorstellung kehrten wir alle nach Hause zurück.

Die Ferienzeit verflog unerwartet schnell. Am 1. August fuhr ich zunächst nach Biel und von dort mit dem Schnellzug nach Basel. Da Vrenis Haus direkt an den Bahngleisen stand, hatten wir ausgemacht, einander zuzuwinken, wenn der Zug vorbeifuhr. Das klappte auch gut. Sie beugte sich aus dem Fenster, schüttelte ein großes weißes Tuch und ich winkte ihr aus dem Zugfenster. Von Basel nahm ich die Bahn nach Freiburg, wo mich meine Mutti erwartete. Zu Mittag aßen wir zusammen und erzählten einander von unseren Erlebnissen. Danach fuhren wir nach Todtnauberg. Von dort sollten wir einen Kindertransport zurück nach Berlin begleiten.
Zu Hause kehrte wieder der Schulalltag ein.

KAPITEL 5

Tante Anny und Onkel Robert informierten mich weiter über alle Neuigkeiten.

In der Schweiz fand die Landesausstellung statt. Sie dauerte ein halbes Jahr und fast 12 Millionen Besucher kamen. Im Juni ermöglichte Onkel Roberts Firma der gesamten Familie, mit dem Auto nach Lausanne zu fahren. Sie verlebten dort einen angenehmen Tag.

Im Sommer verbrachten zahlreiche Ausländer ihren Urlaub in der Schweiz. Hauptsächlich kamen Deutsche mit ihren Wohnwägen.

Da Tante Anny keine Zeit zum Schreiben hatte, setzte sich Onkel Robert an seine Schreibmaschine. Im Herbst 1964 kam folgende Nachricht von ihm: »Ihr könnt jetzt wieder nach Ostberlin zu den Verwandten fahren, was Euch Freude bereiten wird. Wie lange wird dieser Zustand noch dauern, bis es wieder ist wie früher, nachdem nun im Osten eine Änderung eingetreten ist? Wir wollen hoffen, dass es mal besser kommt und die Völker sich verstehen werden.«

Onkel Robert schrieb weiter: »Jetzt kommt der Winter, wo es ruhiger wird und es in der warmen Stube am angenehmsten ist, insofern man ausreichend Heizmaterial hat. Mit diesem Artikel sind wir gut versorgt, habe viel Holz im Wald geholt, was für mich ein Vergnügen ist, besonders im Herbst, wenn die Bäume sich verfärben und das Laub fällt.«

Während dieser Zeit hatte ich zahlreiche Schulaufgaben zu erledigen, da ich mich auf mein Abitur vorbereitete. Im März 1965 war es dann endlich so weit, jahrelanges Schulbank drücken war vorbei. Ich wollte Medizin studieren und hoffte auf einen Studienplatz. Glücklicherweise brauchte ich nicht lange zu warten. Im April konnte ich mit dem Studium beginnen.

Von Onkel Robert erfuhr ich, dass das Wetter im Frühling regnerisch gewesen war. Auch im Mai und Juni gab es keine schönen Tage. In einem Brief hieß es: »Die Bauern müssen das Heu nur so mit List einbringen. Da kann man leider nichts machen, der Petrus wird schon wissen, was er macht ... Wie wir vernommen haben, willst Du auf die Universität und Dich zur Ärztin ausbilden lassen, was uns sehr freut ... Du bist noch jung und hast das Leben vor Dir. Wir beide sind alt und haben unsere Arbeit vollbracht, so in ein bis zwei Jahren. In der heutigen Zeit möchten wir keinen Tag jünger sein. Überall herrscht Unfriede und Krieg. Je gescheiter die Menschen werden, desto schlimmer steht es in der ganzen Welt. Einerseits geht es hoch her und andererseits verhungern die Menschen. Das ist nicht richtig, wenn es noch eine Gerechtigkeit gibt. Die Völker haben das Vertrauen auf Gott verloren und glauben nur an sich und meinen, der andere müsse nichts haben. Die heutige Technik macht die ganze Welt zugrunde. ... Man muss nur die heutigen Halbstarken anschauen, was die sich erlauben ..., arbeiten wollen sie nicht, nur stehlen ... Da muss man sich nicht verwundern, wenn es nicht besser kommt. Da können wir leider nichts machen, als abzuwarten, bis die Menschheit zur Einsicht kommt.«

Im Herbst hatte Onkel Robert erneut Hiobsbotschaften auf Lager: »Wir haben immer alle Hände voll zu tun, besonders bei diesem schlechten Wetter. Die längste Zeit immer nur Regen, ganze Felder sind unter Wasser und man sieht noch keine Besserung. Dazu ist jetzt auch die Maul- und Klauenseuche ausgebrochen und wegen der Verschlechterung werden sämtliche Tierbestände abgeschlachtet, wenn nur ein Tier erkrankt. Die Bauern leiden großen Schaden, wenn sie von diesem Unglück betroffen werden. Wir wollen hoffen, mit Gottes Hilfe werde dieser Seuchenzug vorbeigehen.«

Sonst ging es allen gut. Kurt besuchte bereits die 7. Sekundarklasse und lernte fleißig. Zum Winteranfang konnte in Pieterlen auch ein neues Schulhaus bezogen werden, die Kosten beliefen sich auf vier Millionen Franken.

Im Frühjahr 1966 ließ meine Pflegefamilie ihr Haus renovieren.

»Die Bauarbeiten kosten viel Geld«, schrieb Onkel Robert.

»Bei so alten Häusern kommen immer mehr Reparaturen zum Vorschein, als man glaubt. Bei uns in der Schweiz ist alles so teuer auf dem Bauwesen. Der Stundenlohn für einen Maurer: 6 Franken, Handlanger: 4 bis 5 Franken, bei den Malern ebenso hohe Löhne. Gottlob geht es dem Ende entgegen. Wir haben in dieser Zeit etwas durchgemacht punkto Staub und Dreck und dann herrschte noch schlechtes Wetter. In einigen Tagen wird der letzte Pinselstrich gemacht sein ... Anschließend muss der Schutt aus dem Haus weggeräumt werden und wir können mit den Reinigungsarbeiten beginnen ... Ihr werdet Euch wundern, wenn ihr das nächste Mal kommt, wie wunderbar die Arbeiten gelungen sind. Das Haus ist wie neu. Zur Besichtigung laden wir Euch beide freundlich ein, wenn es Eure Zeit erlaubt und ihr in die Schweiz kommt ... Noch eine letzte Meldung, Deine Schweizer Freundin Brigitte hat geheiratet und vor etwa fünf Wochen das erste Kind geboren.«

Im September herrschte in der Schweiz eine große Hitzeperiode. Die Temperaturen erreichten einen Höchstwert von über 30 °Celsius. In den Gebirgsgegenden waren die Bauern froh über dieses Wetter, da sie die Ernte noch nicht unter Dach und Fach gebracht hatten. Die Enkelkinder waren gesund. Kurt besuchte bereits die 8. Klasse und war größer als Onkel Robert.

Aber auch Lotti und Trudi wuchsen zu hübschen Mädchen heran.

Ich beabsichtigte, während der Semesterferien meine Pflegeeltern wieder zu besuchen. Die Reise finanzierte ich mir durch Nachtdienste auf einer Intensivstation im Krankenhaus. Da ich danach noch die Vorlesungen besuchen musste, war diese Zeit äußerst anstrengend.

Anfang Februar 1967 begannen endlich die Ferien. Ich flog am frühen Morgen von Berlin nach Frankfurt. Während des Fluges bewunderte ich den Sonnenaufgang, genoss ein reichhaltiges Frühstück und betrachtete den strahlend blauen Himmel über den Wolken. Nach der Landung folgte ich den anderen Fluggästen bis zur Gepäckausgabe. Danach stieg ich in den Zubringer, der mich zum Hauptbahnhof brachte. Ich hatte fast zwei Stunden Aufenthalt und las in meiner Reiselektüre *Doktor Schiwago*.

Schließlich rollte der Spanien Express ein. Er fuhr von Kopenhagen bis an die Grenze zwischen Frankreich und Spanien. Ich stieg zunächst in einen Genfer Kurswagen, ohne eine Platzkarte zu haben. Dann ging ich, beladen mit Koffer und Tasche, bis zur Mitte durch, wo ich ein leeres Abteil fand. Ich belegte gerade einen Fensterplatz, als sich drei Damen zu mir gesellten. Eine Frau half mir, meinen Koffer in das Gepäcknetz zu befördern und nahm dann gegenüber am Fenster Platz. Während der gesamten Fahrt war sie schweigsam. Die anderen beiden redeten ununterbrochen weiter, sodass meine Kopfschmerzen bald unerträglich wurden.

In Basel stieg ich um und erreichte Pieterlen abends gegen sechs Uhr. Onkel Robert erwartete mich bereits mit seinem Wägelchen. Das war ein freudiges Wiedersehen. Tante Anny und er hatten sich nicht verändert. Es gab eine Menge zu erzählen über die vergangene Zeit. Mein Zimmer war ebenfalls renoviert worden und ganz modern eingerichtet.

»Wir hoffen, dass es dir gefällt. Du sollst dich doch bei uns wohlfühlen.«

An einem der ersten Tage machte ich einen Spaziergang im Wald. Die Sonne schien, aber der Wind blies mir die Kälte entgegen. Meine Augen tränten und mein Gesicht brannte. Später war ich froh, wieder in der kleinen, warmen Wohnstube zu sitzen. Außerdem fing es an zu schneien. Später ging der Schnee in Regen über. Am späten Nachmittag kamen Tante Anny und Onkel Robert von der Arbeit heim. Sie kontrollierten den Kachelofen, der sich in der Küche befand und über eine Öffnung in der Trennwand auch das Nebenzimmer erwärmte.

»Hast du ihn gut geheizt?«, fragte mich Onkel Robert und schob einige Scheite hinein.

Nach dem Essen setzten wir uns an den Tisch in der kleinen Stube. Ich hatte mir diesmal Papier und Bleistifte mitgenommen und zeichnete Porträts von meinen Pflegeeltern. Der Onkel blickte aufmerksam, er trug einen kleinen Schnauzbart, sein Lächeln war verschmitzt, seine Haare stellten sich über der Stirnmitte auf. Tante Anny hat beinahe geschlossene Augen, da sie eine Lesebrille auf der Nase hatte und in der Zeitung las. Sie hatte zarte Fältchen über den schmalen Lippen, ein Doppelkinn, eine kurze Halslinie und trug die Haare zu einem Nackendutt zusammengebunden. So leben meine Pflegeeltern in meiner Erinnerung fort.

Ein anderes Mal malte ich Kurt. Er war inzwischen groß geworden. Wir unterhielten uns gelegentlich und unternahmen sogar einen Waldspaziergang. An einem Aussichtspunkt setzten wir uns auf eine Bank.

»Meine Mutti sagt, dass du nie heiraten wirst«, meinte er schließlich.

»Warum denn nicht?«

»Weil du Medizin studierst. Wenn du Ärztin bist, kannst du dich nicht um einen Mann kümmern.«

Darauf wusste ich keine Antwort. Darüber hatte ich mir noch keine Gedanken gemacht.

Meine Freundin Brigitte besuchte ich ebenfalls, da sie wieder bei ihrem Vater wohnte. Er hatte eine kleine Dachgeschosswohnung für sie und ihre Familie herrichten lassen. Es war eine Menge zu bereden, da wir uns lange Zeit nicht gesehen hatten. Ihr Mann arbeitete als Mechaniker in Biel und kam erst abends heim. So war sie mit ihrer kleinen Tochter Tina den ganzen Tag allein. Nur ihre Schwester kam gelegentlich zu Besuch.

Wir fuhren an einem sonnigen Tag mit dem Auto nach Biel und spazierten am See entlang. Die Kleine war ganz reizend und ich machte einige Fotos von ihr.

»Dass du Tina aber ja nicht als dein Kind ausgibst«, ermahnte mich Brigitte mit erhobenem Zeigefinger.

Zwei Tage später ging ich zum Friseur. Onkel Robert gab mir dafür zehn Franken und sagte, als ich es ablehnen wollte: »Man muss immer alles annehmen, wenn man etwas bekommt.«

Einen Tag zuvor hatte mir Tante Anny für den Bieler Ausflug ebenfalls zehn Franken gegeben. Als ich in der Küche Onkel Robert traf, meinte er: »Wenn du in die Stadt fährst, brauchst du sicher etwas Geld.«

Er holte seine Geldbörse heraus, aber ich winkte ab. »Tante Anny hat mir bereits Geld gegeben. Danke.«

Ihre Freigebigkeit wollte ich nicht ausnützen. Meine Pflegeeltern hatten so schon Unkosten mit mir.

In der darauffolgenden Woche fuhren Tante Anny und ich nach Biel, um Vreni und ihre Kinder zu besuchen. Wir machten zunächst einen Einkaufsbummel. Es befanden sich viele Geschäfte in der Nähe des Bahnhofs. Ich kaufte einen hellgrauen Stoff für ein Kleid, das ich mir unter Brigittes Anleitung nähen wollte. Sie hatte mir erzählt, dass sie ihre gesamte Garderobe selbst geschneidert hätte. Das Schnittmuster suchte ich mir ebenfalls aus. Als ich alles bezahlen wollte, meinte Tante Anny: »Steck dein Geld ein. Das schenken wir dir zum Geburtstag.«

Vreni und ihr Mann bewohnten eine großzügig geschnittene Wohnung in dem Geschäftshaus, wo Walter arbeitete. Ihre Töchter hatten jede ein Zimmer und freuten sich über das Leben in der Stadt. Hier hatten sie mehr Gelegenheiten, etwas zu unternehmen als auf dem Dorf.

Die sehenswerte Altstadt von Biel, mit ihren schmalen Gassen und einer gotischen Stadtkirche, ist reich an erhabenen Zunfthäusern. Ich entdeckte dort sogar ein kleines Theater, in dem *Die Hochzeit des Figaro* gespielt werden sollte. Da ich in Berlin auch gern in die Oper ging, bat ich Vreni, mir eine Karte zu besorgen.

Am Abend der Vorstellung holte mich Walter vom Bahnhof ab und brachte mich zum Theater. Ich betrat das Foyer und ging die Treppe bis zur Galerie hinauf. Das Haus war 1842 aus dem ehemaligen Zeughaus zu einem Theater umgebaut worden. Es war kleiner als das Berliner Schillertheater. Die Atmosphäre entführte mich in eine längst vergangene Zeit. Kurz nachdem ich meinen Platz eingenommen hatte, erloschen die Lichter. Das Orchester spielte die Ouvertüre. Der Vorhang öffnete sich und man sah Susanna und Figaro im Schlafzimmer bei den Hochzeitsvorbereitungen. Die Aufführung genoss ich sehr und von den Darstellern war ich begeistert. Ich wollte noch einmal eine Vorstellung besuchen. Leider ergab sich dafür keine Gelegenheit mehr.

Am folgenden Wochenende besuchte ich eine Freundin in Burgdorf. Ich hatte sie während eines Praktikums im Krankenhaus Waldfriede in Berlin kennengelernt. Als ich Sonntagabend wieder zurückkam, holten mich Tante Anny und Onkel Robert vom Bahnhof ab. Während des ganzen Heimwegs erzählte ich ihnen von meinen Erlebnissen. Sie freuten sich auch über die Geschenke, die ich ihnen gekauft hatte.

In Pieterlen ging alles seinen gewohnten Gang weiter.

Aber drei Tage später gab es einen gewaltigen Sturm, bei dem sogar Bäume entwurzelt wurden. Ich befürchtete, dass das Dach fortgerissen werden könnte, doch Onkel Robert schloss alle Fensterläden und beruhigte mich: »Das Haus hat schon manchem Unwetter getrotzt. Es wird auch diesmal standhalten.«

Und wirklich, der Wind rüttelte zwar an den Läden, der Regen prasselte auf das Dach, doch schließlich ebbte der Sturm ab.

Die Tage vergingen wie im Flug. Ich reinigte mein Zimmer, wischte Staub, saugte, putzte Schuhe, damit Tante Anny nicht so viel zu tun hatte. Dann ging ich nochmals zu Brigitte, die mein Kleid inzwischen allein fertig genäht hatte. Frau Däppens Einladung zum Kaffee nahm ich ebenfalls an. Sie freute sich, dass wir uns erneut unterhalten konnten. Zuletzt besuchte ich noch einmal Vreni in Biel, um ihr eine Schallplatte zu ihrem kommenden Geburtstag zu schenken.

Leider vergingen diese Ferien wieder einmal zu schnell. Am 7. März fuhr ich nach Hause, da einige Tage später das neue Semester begann.

KAPITEL 6

Meine Pflegeeltern waren während der folgenden Monate, wie üblich, mit ihrer Arbeit beschäftigt. Im Garten standen ebenfalls viele Aufgaben an. Auf ihre Enkelkinder waren sie sehr stolz. Kurt bereitete sich auf die Abschlussprüfung vor. Im kommenden Frühjahr wollte er eine kaufmännische Lehre beginnen.

Im Mai 1968 flog ich im Rahmen der deutsch – israelischen Völkerverständigung mit einer Gruppe junger Studenten nach Israel. Bei der Zwischenlandung in Zürich hatte ich einen kurzen Aufenthalt und rief Tante Anny an. Sie war schockiert, als ich ihr das Ziel meiner Reise mitteilte. »Musst du denn in ein Land fahren, wo Krieg war? Da sind doch Unruhen? Hoffentlich gerätst du nicht in die Auseinandersetzungen. Komm' gesund zurück.«

Nach meiner Rückkehr gab es viel zu lernen, da bis zum Semesterende noch einige Klausuren fällig waren. Ich hatte mich um eine Famulaturstelle in der Schweiz beworben und eine Zusage bekommen. Ich sollte in der geburtshilflichen, gynäkologischen und chirurgischen Abteilung im Spital in Baden arbeiten.

Ende Juli reiste ich in die Schweiz, da ich am 1. August im Krankenhaus beginnen sollte.

Die Fahrt ging über Frankfurt, Basel in Richtung Zürich. Bei dem zweimaligen Umsteigen mühte ich mich mit meinem schweren Koffer ab. Nachdem ich in Baden angekommen war, gab ich zunächst mein Gepäck am Bahnhof auf. Ich wandte mich an ein junges Mädchen und fragte nach dem Weg zum Krankenhaus. Sie war sehr freundlich und lief ein Stück mit mir. Ich erfuhr, dass sie auch Medizin studierte, und wir tauschten Adressen aus. Im Spital erklärte man mir, dass ich in der Altstadt wohnen sollte. Dort hatte die Verwaltung in einem Haus ein Zimmer gemietet, in dem ich mit einer anderen Medizinstudentin zusammenwohnte. Anja stammte ebenfalls aus Berlin.

Ich arbeitete von morgens um sieben in der geburtshilflichen Abteilung. Der Dienst endete abends um sechs Uhr. Mittags hatte ich eine dreistündige Pause.

Nach einer Woche wurde ich bereits zum Nachtdienst eingeteilt und musste für zwei Nächte ins Krankenhaus umziehen. Mit einem kleinen Piepser ausgerüstet, war ich jederzeit erreichbar und konnte mich überall im Gebäude aufhalten.

Am Nachmittag wurde eine Gebärende in den Kreißsaal gebracht. Kurz nachdem ich mich zu Bett begeben hatte, klingelte um ein Uhr nachts das Telefon. In Windeseile zog ich mich wieder an und flitzte in den Gebärsaal. Ich traf gerade rechtzeitig ein, um bei der ersten Geburt meines Lebens zuzuschauen. Es war faszinierend.

Nach ein paar Tagen durfte ich selbst eine Geburt leiten. Ich hatte in der Schweiz den Status einer Unterassistentin. Der Oberarzt wies mir sogar zwei Zimmer zu, in denen ich Visite machen durfte. Ich fragte die Frauen nach ihrem Befinden, kontrollierte die Rückbildung der Gebärmutter und untersuchte die Neugeborenen zunächst unter Anleitung, später auch selbstständig. Sogar den Austrittsbericht durfte ich diktieren.

An einem anderen Tag mühte sich im Gebärsaal eine junge Frau stundenlang ab. Trotz guter Wehen schaffte sie es nicht, ihr Kind auf die Welt zu bringen. Es war groß, und der Oberarzt musste es schließlich mit der Zange herausziehen. Er legte die Zangenlöffel um den Kopf des Babys. Dann zog er mit aller Kraft. Der Schweiß lief ihm von der Stirn. Die Hebamme kümmerte sich um die Gebärende, die durch eine kurze Narkose von dieser Prozedur nichts mitbekam. Endlich war es geschafft. Anschließend wurde der Dammschnitt versorgt, wobei ich assistieren durfte.

Abends gegen acht Uhr waren wir mit der Versorgung der Frau und der Untersuchung des Neugeborenen fertig.

Meine Pflegeeltern freuten sich, dass ich in der Schweiz war und hofften, mich bald wiederzusehen.

Sie hatten im Juli Urlaub gehabt und waren am 1. August bei der Rückkehr von der Insel Mainau durch Baden gefahren.

Zwei Wochen später wurde ich erneut zum Wochenenddienst eingeteilt. Es gab kaum etwas zu tun, aber das konnte sich jederzeit ändern.

Eines Morgens wurde ich gerufen, um bei einer Kaiserschnittentbindung zu assistieren, eine weitere neue Erfahrung.

Zur Ausbildung gehörte auch die Theorie. Der Chefarzt nannte mir ein Thema über ein geburtshilfliches Fachgebiet. In der Bibliothek suchte ich mir die erforderlichen Unterlagen aus den entsprechenden Büchern heraus. Dann fasste ich mein erworbenes Wissen in einem Referat zusammen, das ich vor den versammelten Kollegen halten musste.

In meiner Freizeit schaute ich mir die Sehenswürdigkeiten der Stadt an. Der Kurort Baden verfügt über ein Thermalbad, in dem ich mich manchmal in den Mittagspausen aufhielt. Bei schönem Wetter ging ich im Kurpark spazieren oder setzte mich auf eine Bank, um zu lesen. Außerdem gab es ein Theater, in dem während meines Aufenthalts verschiedene Aufführungen gezeigt wurden. Bei allen Vorstellungen hatte ein Arzt Dienst und erhielt dafür eine zweite Freikarte. Einmal nahm mich ein Kollege mit ins Theater. Es wurde *Der Bettelstudent* gespielt, eine amüsante Inszenierung.

Während der letzten zwei Augustwochen arbeitete ich auf der gynäkologischen Station. Zweimal pro Woche wurden Operationen durchgeführt, bei denen ich assistieren musste. Das war interessant, aber auch anstrengend. Die meisten Operationen dauerten etwa zwei Stunden, manche noch länger. Wenn man den ganzen Vormittag in der sterilen Kluft, bestehend aus Gummischürze, Kittel, Handschuhe und Kopfhaube, arbeitete, kam man ins Schwitzen.

Schließlich neigte sich meine Unterassistenzzeit dem Ende zu. Da mir die Arbeit ausgezeichnet gefiel, bat ich den Chefarzt um eine Assistentenstelle nach meinem Studium. Doktor S. erklärte sich damit einverstanden.

Im September begann meine Tätigkeit in der chirurgischen Abteilung. Meine Unterkunft in der Altstadt musste ich räumen und bezog dafür ein Quartier im Spital. Ein Chauffeur brachte mein Gepäck in mein neues Zimmer im Dachgeschoss. Es war gemütlich eingerichtet. In meiner Freizeit konnte ich hier in Ruhe schreiben, lesen oder Musik hören.

Im Kurtheater spielten sie häufig Musicals und Operetten wie *My Fair Lady*, *Die Fledermaus* oder auch Ballettaufführungen. Wenn es meine Zeit erlaubte, besuchte ich deshalb eine Vorstellung. Allerdings musste ich mit meinen Ausgaben sparsam wirtschaften. Als Unterassistentin bekam ich pro Monat 100 Franken sowie freie Unterkunft und die Verpflegung.

Meine Arbeit bei den Chirurgen war umfangreich und anstrengend, kurbelte jedoch auch den Appetit an. Ich futterte ständig, weil das Essen gut schmeckte. Morgens trank ich zum Frühstück Milch mit Ovomaltine. Im Laufe des Vormittags, nach ein bis zwei Operationen, verzehrte ich ein Brot mit Würstchen. Um zwölf Uhr gab es Mittagessen. Nachmittags trank ich in meiner Pause Tee und genoss dazu die gute Schweizer Schokolade. Nach dem Abendbrot ging ich spazieren oder erledigte Schreibarbeiten. Danach meldete sich wieder der Hunger und ich vertilgte vor dem Schlafengehen noch ein Käsebrot.

Wenn ich Dienst hatte und bei abendlichen Operationen assistieren musste, bereitete ein Kollege in einer kleinen Stationsküche meist Spiegeleier zu. Die wurden von uns mit Genuss verspeist. So blieb es nicht aus, dass mir meine Röcke zu eng wurden. Am Ende meiner Unterassistentenzeit hatte ich über fünf Kilo zugenommen.

Ansonsten lernte ich bei den chirurgischen Operationen viel. Der Chefarzt erklärte mir während des Operierens den Situs der Organe, die Gefäße, Muskeln und Nerven. Später fragte er alles wieder ab. Zwischen Fäden halten und Tupfen kam deshalb keine Langeweile auf. Um mein Wissen für das Studium aufzufrischen, lieh ich mir aus der Bibliothek Anatomiebücher sowie ein Chirurgiebuch aus.

Mitte September erlaubte mir der Oberarzt, zwei kleine operative Eingriffe durchzuführen: Eine Muskelbiopsie und eine Venenfreilegung. Das Schwierigste war das Nähen. Ich hatte es mir leichter vorgestellt. Ein Kollege tröstete mich: »Jeder große Chirurg hat einmal klein angefangen.«

Die Ärzte waren sehr freundlich zu mir und berichteten über ihren Arbeitsalltag. Wenn wir nachts Dienst hatten und zwischen zwei Operationen warteten, schilderte Oberarzt B. manche interessante Ereignisse.

»Wir hatten vor zwei Jahren ein junges Fräulein Doktor auf der Station. Sie war äußerst fleißig und machte ständig Überstunden. Eines Abends war sie völlig geschafft von der Arbeit und beschloss, sich zu Hause in die Badewanne zu legen. Da muss sie wohl eingeschlafen sein. Als sie am nächsten Tag nicht zum Dienst kam, suchten wir nach ihr. Schließlich fand die Polizei sie in der Badewanne ... ertrunken. Ja, ja, das war unser Fräulein Gundel.«

Baden liegt im Kanton Aargau. Um den Südosten der Schweiz kennenzulernen, erkundigte ich mich am Bahnhof nach entsprechenden Ausflügen. Schließlich entschloss ich mich, an einem Sonntag, an dem ich frei hatte, eine Exkursion in die Kantone Schwyz und Glarus zu unternehmen. Es war eine Fahrt mit unbekanntem Ziel, das heißt niemand von den über hundert Teilnehmern wusste, wohin es ging. Mit der Schweizer Bahn fuhren wir über Zürich und Zug nach Flüelen. Von dort ging es mit dem Postbus weiter zum Klausenpass, der 1948 m hoch liegt und die Grenze zwischen Uri und Glarus bildet. Das Wetter war herrlich, Sonnenschein und strahlend blauer Himmel. Von Linthal fuhren wir mit einer Bergbahn hinauf nach Braunswald. Während dieser kurzen Fahrt sangen die Leute Volkslieder. Ich fühlte mich, als wäre ich in einem Heimatfilm. Die Alpenlandschaft bot ein schönes Panorama, das zeitweise von einer hohen Tanne verdeckt wurde. Leider war diese Fahrt allzu schnell vorbei. Dann gab es Mittagessen, das wir in einem vornehmen Hotel einnahmen.

Nach diesem abwechslungsreichen Ausflug ging es gegen Abend zurück nach Baden.

Eine Woche später verspürte ich Kopfschmerzen und Gliederschmerzen. Eine starke Erkältung hatte mich erwischt. Kein Wunder bei der Vielzahl der Keime, mit denen man im Krankenhaus in Berührung kam. Meine Kollegen machten mir einige Vorschläge. Die beste Idee war, den Tag mit einem freien Nachmittag zu verbringen.

Schließlich endete meine Famulatur in Baden. Am 29. September fuhr ich mit dem Zug nach Pieterlen. Da ich eine Menge Gepäck dabei hatte, ein Koffer und drei Taschen, schaffte mich ein Arzt mit dem Wagen zum Bahnhof. In Biel stand Walter bereits auf dem Bahnsteig und brachte mich mit dem Auto zu Tante Anny und Onkel Robert. Dort verlebte ich noch zwei geruhsame Wochen. Das Schönste an den Ferien war, dass ich ausschlafen und lesen konnte. Tante Anny kochte wieder gut und reichlich, sodass ich noch mehr zunahm. Schließlich meinte sie: »Du bist aber stark geworden. Du brauchst etwas Neues zum Anziehen« und fuhr mit mir nach Biel zum Einkaufen.

Die neue Kleidung packte ich in ein großes Paket und schickte es heim. Am 13. Oktober kehrte ich nach Berlin zurück, da zwei Tage später das nächste Semester begann.

KAPITEL 7

Das Studium nahm viel Zeit in Anspruch, sodass ich mich nur selten bei meinen Pflegeeltern meldete. Sie sandten mir zu Weihnachten ein Päckchen und schrieben mir zu meinem Geburtstag. Tante Anny bekam plötzlich Herzbeschwerden und ging zu einem Spezialisten. Sie musste sich vermehrt schonen. Onkel Robert erhielt die Aufgabe, sich um den Haushalt zu kümmern.

Schließlich riet der Hausarzt, Tante Anny sollte aufhören zu arbeiten, da die Tätigkeit zu anstrengend war. Das ganze Leben war sie beschäftigt gewesen. Es fiel ihr schwer, zu Hause zu bleiben. Sie schrieb mir: »Kannst Du Dir vorstellen, was das für mich ist, nicht mehr arbeiten. Im Haushalt nur das Nötigste machen. Es ist gut, dass man nicht im Voraus weiß, was einen erwartet.«

Selbst in den Garten konnte Tante Anny nicht gehen, da es kalt war, häufig regnete und sogar schneite. Und das im April. So freute sie sich, wenn sie einen Brief von mir erhielt.

»Lass auch bald etwas von Dir hören«, schrieb sie, »wir wissen schon, Du hast eine strenge Zeit. Aber mit ein paar Worten sind wir zufrieden.«

Im Juli 1969 reiste ich für drei Monate nach Indien, um dort in einem Krankenhaus zu famulieren. Tante Anny war entsetzt über die Neuigkeit. »Hoffentlich geht es Dir gut in einem so warmen Klima. Wirst natürlich allerlei sehen, an dem zweifeln wir nicht. Du bist ein richtiger Waghals.«

Nach meiner Rückkehr las ich in ihrem Brief: »Wir sind so froh, dass Du wieder in Berlin bist. Du könntest in so einem großen Land verloren gehen. Du wirst lachen über unsere Gedanken.«

Meiner Pflegemutter ging es weiterhin nicht gut. Sie war im Mai operiert worden und musste sich schonen. Auch die Tabletteneinnahme gefiel ihr überhaupt nicht. Zum Glück war Onkel Robert gesund und konnte sich um alles kümmern.

Für das Staatsexamen, das ich im folgenden Jahr ablegen wollte, begann für mich die Vorbereitung. Ich konnte meine Pflegeeltern bis zum Abschluss nicht mehr besuchen. Dafür wollte meine Mutti im Frühjahr 1970 für ein paar Tage zu ihnen fahren. Aber Tante Anny litt weiterhin unter gesundheitlichen Problemen und bat, sie solle erst zu einem späteren Zeitpunkt kommen. Sie schrieb: »Es ist gewiss besser, dass sie jetzt bei Dir bleibt, wo Du es so streng hast und Dich aufs Staatsexamen vorbereiten musst. Aufgehoben ist ja nicht aufgeschoben, nicht wahr?«

Onkel Robert half ihr im Haushalt, besorgte den Garten und sammelte mit dem kleinen Holzkarren, seinem *Charli*, im Wald Holz.

»… Und so hat er auch Beschäftigung. Das ist ja besser als gar nichts tun.«

Seit einem Jahr arbeitete er nicht mehr in der Fabrik. Er hatte inzwischen fast das 70. Lebensjahr erreicht. Im September reiste Onkel Robert noch einmal nach Burgdorf zu einer militärischen Zusammenkunft. Vor zwei Jahren hatte ich ihn dorthin begleitet. Damals bekam er plötzlich ziemliche Kniebeschwerden, sodass er kaum laufen konnte.

Ich steckte unterdessen mitten im Staatsexamen, die Prüfungen hatten im August begonnen und sollten sich über ein halbes Jahr hinziehen. Danach wollte ich meine Pflegeeltern wieder besuchen. Nach dem Examen erhielt ich sofort eine Medizinalassistentenstelle im Krankenhaus Waldfriede in Berlin. Von meinem Lohn kaufte ich mir nach einigen Monaten einen alten VW, der mich jahrelang begleiten sollte. Mit ihm fuhr ich Ende des Jahres nach Dinkelsbühl, wo ich die restliche Zeit meiner Ausbildung in einem Kreiskrankenhaus verbrachte.

Tante Anny teilte mir mit, dass sie sich wegen des Herzens weiterhin schonen müsste. Onkel Robert fuhr regelmäßig in seinen geliebten Wald, um Holz zu holen. Zweimal am Tag, früh um fünf und abends um acht Uhr, machte er sich auf den Weg. Das Wetter war zwar sonnig, aber sehr trocken.

Im Garten musste deshalb reichlich gegossen werden.

Anfang Februar konnte Onkel Robert früh nicht mehr aufstehen, die rechte Seite war gelähmt. Einen Tag später kam eine Lähmung links hinzu sowie eine Lungenentzündung. Zum Glück musste er nicht lange leiden, er verstarb am 7. Februar 1972.

Im Frühjahr 1972 besuchte ich Tante Anny. Sie wohnte weiterhin in ihrer Wohnung. Ihr Sohn und die Schwiegertochter, die noch immer im oberen Stockwerk lebten, kümmerten sich um meine Pflegemutter. Sie erzählte mir von Onkel Roberts letzten Tagen vor seinem Tod. Er hätte noch zahlreiche Pläne gehabt. Wenn sie ihn mahnte, vorsichtig zu sein, hätte er mit ihr geschimpft, »ihm könne doch nichts passieren, er sei ja so gut zwäg.« Es war eine würdevolle Bestattung gewesen, mit vielen Kränzen und Arrangements, denn er war überaus bekannt und beliebt im Dorf.

Ende April packte ich drei große Koffer in meinen VW und zog von Berlin nach Baden. Meine Tätigkeit als Assistenzärztin im Spital begann. Tante Anny konnte ich nun öfter besuchen.

Ende 1972 heiratete ich, verließ die Schweiz und zog nach Nürnberg.

Mit meiner Pflegemutti blieb ich weiter in Kontakt. Bei einem kurzen Besuch stellte ich ihr auch meinen Ehemann vor.

Ich arbeitete in einer großen städtischen Klinik, wo ich meine Facharztausbildung abschloss. Die häufigen Nachtdienste nahmen mich erheblich in Anspruch. Doch ich wusste, dass sie sich auch über kurze Nachrichten von mir freute. Schließlich nahm ich mir vor, sie wieder zu besuchen. Tante Anny freute sich sehr darüber. Leider verschlechterte sich ihr Gesundheitszustand zu jener Zeit. Sie bat mich, mein Kommen zu verschieben. Außerdem sollte ihr Haus renoviert und ein Bad eingebaut werden. Das hatte sie sich besonders gewünscht.

Aus dem Besuch wurde nichts mehr, sie verstarb Anfang Januar 1977. Gleichwohl, in meiner Erinnerung leben Tante Anny und Onkel Robert weiter. Es war eine wundervolle Zeit, die ich mit ihnen verbringen durfte.

Elke R. Richter

Entscheidung in Afrika

Im Leben des Chirurgen Rudolf dreht sich alles um die Erforschung neuer Behandlungsmethoden in der Medizin. Dann verliebt er sich in die selbstbewusste Krankenschwester Dorothea. Doch als er nach Wien zu einer Fortbildung fährt, verliert er sie.. Aus Liebeskummer verlässt er Ende 1904 seine sichere Stellung in einem Berliner Krankenhaus und stürzt sich in das Abenteuer seines Lebens: Südwestafrika. Dort haben sich die indigenen Stämme gegen die deutsche Herrschaft erhoben. Er zieht mit der Schutztruppe durch trostlose Wüstengebiete, erlebt die Kämpfe und wird verwundet. Plötzlich taucht seine große Liebe wieder auf – am Arm eines anderen Mannes ...

Inspiriert durch ein Tagebuch aus dem Nachlass eines Bekannten schildert die Autorin ein dramatisches Kapitel deutscher Kolonialgeschichte.

Als Buch und E-Book erschienen bei BoD

Elke R. Richter

Johannisnacht auf der Alhambra

Märchenhafte Erzählungen

Das Mädchen Sanchita erlebt in einer Johannisnacht auf der Alhambra die Pracht eines Maurenkönigs und findet einen Schatz.
Der Journalist Sebastian reist nach Neuseeland und macht mit einem Hobbit eine gefährliche Wanderung in eine realitätsferne Welt.
Eine Archäologin begegnet auf einem Friedhof dem verstorbenen Grafen von Saint Germain.
In China lüftet ein Polizeiagent das Rätsel von verschwundenen Babys.
Vierzehn Geschichten entführen in die bunte Welt der Märchen und Fantasie.

Als Buch und E-Book erschienen bei BoD

Elke Richter

INDIEN

ERLEBNISSE EINER MEDIZINSTUDENTIN

Elke Richter reist in den 1970er Jahre nach Indien.
Der Besuch bei einem guten Freund bildet den Auf-
takt ihrer Reise. Im Rahmen ihres Medizinstudiums
famuliert sie in einem Krankenhaus in Bombay. Ihre
Erlebnisse in der riesigen Stadt und auf den Fahrten
nach Ajanta/Ellora, Bangalore, Mysore und Neu
Delhi sind gefüllt von der Geschichte und Kultur,
den Ritualen sowie der Tradition und Religion des
Landes. Sie lernt viele Menschen und Familien kennen, erlebt die notdürftige medizinische Versorgung
und Armut des Landes, bestaunt die Sehenswürdigkeiten und nimmt sogar an einer indischen Hochzeit
teil. Indien – Erlebnisse einer Medizinstudentin ist
ein äußerst lesenswerter Reisebericht für alle, die
sich für das Land interessieren oder es gern bereisen
möchten.

Als E-Book erschienen bei BoD